7 Juin 1911

Tableaux Modernes

TABLEAUX MODERNES

CONDITIONS DE LA VENTE

Elle sera faite au comptant.

Les acquéreurs paieront dix pour cent *en sus des enchères.*

CATALOGUE

PAR

BAIL Joseph, BARYE, M. BOMPARD, Rosa BONHEUR,
BOUDIN, E. CARRIÈRE, CHARLEMONT, CLAYS,
G. COURBET, H. DAUMIER, P. DELAROCHE,
FANTIN-LATOUR, G. GUILLAUMIN, HEILBUTH,
HELLEU, HARPIGNIES, HENNER, ISABEY,
LEBOURG, METLING, G. MOREAU, MUNKACSY,
C. PISSARRO, A. RENOIR, Th. RIBOT, RICHET,
RONDEL, A. SISLEY, A. STEVENS, O. TASSAERT,
F. THAULOW, A. VOLLON

PAR

René BILLOTTE, COROT, J.-F. MILLET, RENOIR,
TEN CATE, & VEYRASSAT

& dont la vente aux enchères publiques aura lieu à Paris

HOTEL DROUOT, SALLE N° 6

LE MERCREDI 7 JUIN 1911, A 3 HEURES

COMMISSAIRE-PRISEUR
[illegible] Me Paul Chevallier
10, rue Grange-Batelière

[illegible]
25, bd de la Madeleine; 15, rue
Richepance; 36, av. de l'Opéra

EXPOSITION LE MARDI 6 JUIN 1911, de 1 heure 1/2 à 5 heures 1/2.

BAIL
(JOSEPH)

1. — Les dévideuses.

La fenêtre, à gauche, éclaire cette scène qui a lieu dans son voisinage immédiat. L'une des deux figures, assise de dos, est tournée vers la droite. On voit son fin profil sous le bonnet blanc. Elle tient la pelote de laine noire, dont elle enroule le fil qu'a tendu entre ses bras, en écheveau, une jeune fille éclairée de face, vêtue de blanc, et debout.

Sol carrelé blanc et noir. Au mur, un petit bénitier de cuivre avec le buis. Au fond, à droite, dans l'ombre, bahut et tableau.

Signé à gauche en bas : Bail Joseph.

Toile. Haut., 1 mètre; larg., 73 cent.

(Voir la reproduction.)

BAIL

Les dévideuses.

BARYE

2. — Les gorges d'Apremont.

Les roches s'amoncellent sur toute la largeur, un peu en arrière d'un premier plan d'herbes et de petites fleurs des champs. Au loin, de légers mouvements de terrain. Horizon très reculé, terminé par une bande bleutée.

Signé à gauche en bas : Barye.

Toile. — Haut., 17 cent.; larg., 31 cent.

Au dos : A M. le comte DORIA.

Forêt de Fontainebleau. Point de vue des gorges d'Apremont.

Cachet de la vente Barye.

BOMPARD

(MAURICE)

3. — Le palais ducal.

Il s'élève à droite sur le quai près duquel se balancent deux gondoles. Plus loin, les colonnes, un autre palais et la fuite perspective du rivage vers le soleil qui, là-bas, se couche sur la lagune où il plonge un frémissant reflet jaune d'or.

A gauche, de l'autre côté de l'eau, les deux dômes d'une église. Le ciel pur s'ennuage un peu à l'horizon.

Signé à droite en bas : Maurice Bompard.

Toile. — Haut., 50 cent.; larg., 73 cent.

BONHEUR

(ROSA)

4. — Le cheval blanc.

Debout près du mur de l'écurie, tourné vers la gauche, et l'encolure largement habillée dans son immense crinière. C'est un solide percheron superbement construit. A gauche, la porte de l'écurie.

Signé à gauche en bas : Rosa Bonheur.

Toile. — Haut., 65 cent.; larg., 81 cent.

(Voir la reproduction.)

Au dos : cachet de la vente Rosa Bonheur.

Vente Rosa Bonheur, n° 125.

ROSA BONHEUR

Le cheval blanc.

BONHEUR

(ROSA)

5. — Biches.

A la lisière d'un bois, près d'une rivière qui passe à gauche, quatre biches aux attitudes variées, inquiètes et vives. La forêt à droite étage ses plans de verdure en un recul pittoresque et l'on devine une clairière par delà les premiers taillis.

Signé à droite et à gauche : Rosa Bonheur.

Toile. — Haut. 33 cent., larg. 65 cent.

BOUDIN

(EUGÈNE)

6. — Saint-Valery-sur-Somme.

La Sommme, ayant longé une petite île [illegible]teuse, vers la mer qu'on soupçonne au loin. A gauche, la promenade, ses arbres, ses maisons à la file, et une flottille de barques et de voiliers au repos.

A droite, un coude de la rivière, une barque, la rive avec une rectiligne allée d'arbres. Ciel pluvieux.

Signé à gauche en bas : E. Boudin 90. St-Valery.

Toile. — Haut. 36 cent., larg. [illegible]5 cent.

CARRIÈRE
(EUGÈNE)

7. — La dame au col de broderie.

Vue presque de face, regardant vers la droite, la dame au col de broderie a de beaux yeux noirs, des sourcils bien fournis et nettement arqués, un nez un peu cambré où se fixe une note de vive lumière, et un semblant de double menton.
Gros diamant à l'oreille. — Une perle au cou.

Signé à gauche en bas : Eugène Carrière.

Toile. — Haut., 38 cent.; larg., 31 cent.

CHARLEMONT

8. — La sérénade.

Polichinelle vieilli aime toujours la musique. Il a pris sa guitare, s'est mis à la fenêtre, et vers le parc que colore de chrome pur l'automne fort avancé, chante sa sérénade. Malgré l'âge, il reste élégant dans son justaucorps de soie dorée qui dessine loyalement la bosse antérieure. Il a des dentelles au poignet, le chapeau pointu sur les cheveux blancs, et le mollet toujours fin dans le bas clair.

Signé à gauche en bas : Charlemont.

Panneau. — Haut., 60 cent.; larg., 35 cent.

Collection Adam.

CLAYS
(P.-J.)

9. — Les côtes du Maroc.

Les remparts ocreux d'une citadelle marocaine, éclairée à contre-jour, par un soleil vif, se dressent à droite. Sur un rivage remontant où sont tirés des bateaux et [illegible], près d'une porte, dans un retour de deux murailles, quelques petits cavaliers et piétons sont clairsemés sur le sol caillouteux.

Un autre bateau sans voile, dans le milieu du tableau, près du bord. A gauche, une crique et des embarcations dont les gréements sont roulés. Un mur de terrasse, un cap stérile, et la mer d'un bleu épais, avec l'aile blanche de quelques barques. Ciel implacable de l'Orient sur toute la scène. [illegible] dans l'air, à gauche.

Signé à droite en bas : P.-J. Clays. [illegible]

Toile. — Haut. 58 cent. larg. 94 cent.

COURBET
(GUSTAVE)

10. — Source du Lison.

Un de ces beaux motifs de roches et de forêts où se complaisait le maître. Le Lison jaillit en cascade du haut d'un naturel emmarchement de basalte qui se relève à droite et à gauche, et par delà lequel se groupent, d'essences diverses, les arbres du bois profond. Un nuage blanc monte à gauche, par-dessus les cimes, dans le ciel bleu. La rivière s'étale au premier plan, dans les roches.

Signé à droite en bas : G. Courbet

Toile. — Haut. 28 cent. larg. 42 cent.

DAUMIER

(HONORÉ)

11. — La soupe.

A droite, accoudée sur la table, la mère allaite son poupon, le visage tourné du côté de son mari qui, à gauche, — dans un recul obscur où cependant s'éclaircit le pourtour de la tête, — mange sa soupe avidement.

Tout le fond en haut du tableau est traité dans une manière sombre qui fait valoir la figure rose de la femme et la silhouette jaune orangé de l'enfant.

Panneau. — Haut., 27 cent.; larg., 35 cent.

(Voir la reproduction.)

DELAROCHE

(PAUL)

12. — Charlemagne traversant les Alpes.

Dans un site chaotique, — rochers énormes et cubiques à gauche, sapins géants, resserrés, et ménageant une étroite vue sur les cimes neigeuses du lointain mont Cenis, — l'armée de Charlemagne lutte furieusement contre les montagnards. Un cavalier franc et sa monture, à droite, roulent dans l'abime. Plus à droite, on se bat à coups de francisques et de haches. Précédé d'un autre cavalier en braie rouge qui se trace un chemin parmi les soldats, Charlemagne encourage le gros de ses troupes qui se masse à gauche, dans les ravins, sous les étendards. L'épée nue et tendue, il semble les conduire à la victoire.

Toile. — Haut., 36 cent.; larg., 69 cent.

(Voir la reproduction.)

Ce tableau est décrit dans le dictionnaire Larousse au mot : *Delaroche*. Au dos de la toile, cette description, manuscrite, a été collée.

DAUMIER

La soupe.

DELAROCHE

[illegible]

Charlemagne traversant les Alpes.

FANTIN-LATOUR

Après le bain.

FANTIN-LATOUR

13. — Après le bain.

A gauche, debout, relevant chastement à sa ceinture un voile blanc et un manteau lilas, accoudée sur un socle de balustrade recouvert par un tissu rouge cerise qui se relève à droite, en un vaste pli, jusqu'au haut du tableau, une belle figure nue dont le bas du corps est éclairé et la tête dans l'ombre, reçoit les soins d'une suivante aux bras et aux pieds nus, agenouillée et vêtue de jaune et de brun.

Au fond, l'on devine l'eau dormante du lac, au pied d'une épaisse et noble ligne de forêts.

Signé à gauche en bas : Fantin

Toile. — Haut., 33 cent. 1/2; larg., 25 cent. 1/2.

(Voir la reproduction.)

Collection Lacroix.

GUILLAUMIN

(ARMAND)

14. Le moulin Brigand, à Crozant.

Motif célèbre, vu, cette fois, à droite du pont qu'on aperçoit sur la gauche du tableau avec les grands peupliers coupés, il y a seulement quelques années, par le père Brigand, enlevés en sveltesse sur l'arrière-mur d'une haute falaise rocheuse.

La maisonnette est à la sortie du pont sous lequel bondissent les eaux de la rivière contournant les quartiers de roc. A droite, une berge remontante, verte et tenue dans l'ombre.

Au fond, dans la lumière, un arbre rose et plus loin la montagne avec, sur ses pentes et aux sommets, les quatre tours féodales en ruines.

Signé à droite en bas : Guillaumin.

Toile. — Haut., 60 cent.; larg., 74 cent.

Collection Comte Doria.

GUILLAUMIN

(ARMAND)

15. — Aguay, soleil couchant.

La mer, à droite, vert tendre, sous un ciel d'une émeraude plus pâle encore, et coloré de pourpre diluée à l'horizon. Les petites vagues viennent mourir, près de blocs rouges du rivage, après avoir baigné une ligne de récifs plus colorés encore. Le couchant rosit violemment les sables de la grève. A gauche, un pin rabougri, tordu par le vent et quelques herbes.

Signé à droite : Guillaumin.

Toile. — Haut., 66 cent.; larg., 81 cent.

GUILLAUMIN
(ARMAND)

16. — Villeneuve-sur-Yonne (nov. 1902).

A gauche, le rivage échancré; un bouquet d'arbres; à droite, l'autre rive, au loin, reflétant dans l'eau limpide sa berge plate, ses maisons et ses peupliers.

Encore plus loin, deux crêtes de collines irisées.

Signé à gauche en bas : Guillaumin.

Toile. — Haut., 36 cent.; larg., 55 cent.

GUILLAUMIN
(ARMAND)

17. — Hauteurs de la Creuse.

Vu d'un sommet herbeux qui s'incurve au milieu de la composition, un vaste panorama limité au premier plan par une bordure de hauts feuillages automnaux, puis dévalant sur les pentes jusqu'à une rivière dont on distingue le miroitement bleu et argenté dans le vallon, enfin se continuant par l'enchevêtrement des lignes souples que composent jusqu'à l'infini les coteaux et les coteaux encore.

Toile. — Haut., 60 cent.; larg., 73 cent.

Au dos : Crozant, 9 novembre 1896.
Hauteurs de la Creuse.

GUILLAUMIN
(ARMAND)

18. — Mère et enfant (juin 1892).

La mère est assise, à droite, en costume vert foncé et tablier rose avec brides sur les épaules. Elle coud, tête baissée sous son chapeau à ruban clair. A ses pieds, un baby en capote tuyautée et vêtements blancs. Devant elle, une fillette assise avec un chapeau de paille, des bas noirs et un tablier rose.

C'est dans un enclos non cultivé au fond duquel, à gauche, on voit des maisons ocreuses sous le grand soleil, au pied d'un bas plateau. A droite, derrière la maman, un mur de pisé et un fond de verdures.

Signé à droite en bas : Guillaumin.

Toile. — Haut. 65 cent.; larg., 81 cent.

GUILLAUMIN
(ARMAND)

19. — Maison au vieux Thoirette.

Au pied d'un coteau, elle est construite à droite, avec son mur enduit de plâtre que le soleil rosit et ses tuiles qu'il avive.

Quatre arbres, au milieu et à gauche, forment allée. A gauche encore, une femme inclinée tire de l'eau dans un réservoir rectangulaire. Au pied des deux premiers arbres, deux troncs abattus par le bucheron sont etendus. Partie d'ombre au premier plan.

Signé à droite en bas : Guillaumin.

Toile. — Haut. 60 cent., larg., 73 cent.

La grenouillère

HEILBUTH

20. — La grenouillère.

Au pied de grands frênes aux lignes souples, aux feuillages légers, qui s'élèvent sur le rivage et jusque dans la partie supérieure de cette aimable composition, à gauche, la passerelle s'allonge vers les barques et vers un ponton de terre consolidé de planches et de pieux. Sur la passerelle, deux élégantes, en toilettes blanches, safran et mauves, un batelier, deux hommes; deux autres dames dans des barques, tout proche.

Une autre personne en robe bleue dialogue avec un rameur qui, dans un esquif voisin, a jeté son veston sur son épaule. Sur le terre-plein, dames, enfants, canotier et chien noir. A gauche, sur la rive, une cabane, quelques personnes. Au fond, une barque de pêche à droite, et, développé sous un ciel bleu, ennuagé de rose à l'horizon, un plan de grands arbres gracieusement découpés et massés.

Signé à gauche en bas : Heilbuth. 1870.

Toile. — Haut., 1 m. 13; larg., 1 m. 47

(Voir la reproduction.)

Collection Humbert.

HELLEU

21. — Sur le Yacht.

Debout, presque au milieu du tableau, une miss vêtue de percale blanche, coiffée d'un canotier, avec un manteau sombre jeté sur les épaules. Derrière elle, la fuite du bastingage cintré de gauche à droite avec bouée, échappée sur la mer et bordure de tente grise qui est déployée au-dessus de tout le pont. A droite, châssis, compas et diverses installations du bord.

Signé à gauche en bas : Helleu.

Toile. — Haut., 81 cent.; larg., 65 cent.

HELLEU

22. — En mer.

Pendant de la toile : *Sur le Yacht.*

La miss, tenant une ombrelle blanche, est debout à droite, de profil, et le visage, à demi dans l'ombre du chapeau canotier, est légèrement tourné vers le spectateur. Derrière la voyageuse toute vêtue de blanc, des câbles tendus font des lignes claires sur le ciel bleu et sont attachés par leur extrémité au bastingage.

A gauche, canot jaune et deux voiliers.

Signé à gauche en bas : Helleu.

Toile. — Haut., 81 cent.; larg., 50 cent.

HARPIGNIES

23. — A la lisière du bois.

Le bois finit à gauche, après un gros tronc d'arbre à demi caché par le cadre. Il arrondit ses dernières verdures sur un ciel pur, un ciel d'été où se profilent, à droite, trois troncs plus minces et quelques feuillages légers.

Un sentier herbeux va de la forêt à la rivière qu'on voit au fond à droite, avec, sur l'autre rive, des petits bois massés.

Signé à gauche en bas : Harpignies.

Toile. — Haut., 38 cent.; larg., 27 cent.

HENNER

24. — Profil de femme.

Sur un fond vert velouté, elle détache son profil ivoirin où le regard profond, la chair mate, la lettre courte et spirituelle, les ombres chaudes, sont caractéristiques de la vision si personnelle de l'artiste. Cheveux châtains, lissés sur la tête en bandeaux et noués en chignon. Gorge découverte en pointe par une robe gris mauve. Le visage est orienté vers la gauche.

Signé à gauche en bas : J.-J. Henner.

Toile. — Haut., 41 cent.; larg., 32 cent. 1/2.

ISABEY

25. — Le cabestan.

Dans un village de pêcheurs. — A gauche, au pied d'un très pittoresque motif de chaumières et d'église au clocher élancé dont la pointe s'enlève dans le ciel nuageux, au-dessus d'une ligne de dunes ondulées vers la droite, deux importants groupes de femmes, vêtues de costumes clairs et riants, liées aux bras de deux cabestans énormes, associent leurs efforts pour remonter deux puissantes barques hors du flot.

Ces barques sont visibles à droite, voiles basses ou mi-descendues au long des mâts. Des matelots s'arc-boutent sous la coque pour empêcher que le bâtiment ne se couche sur le flanc. Au loin, derrière les maisons, un accent de lumière fauve sur le rivage un peu arrondi. Au premier plan, des paniers, des raies et d'autres poissons. A droite, au fond, grande barque amarrée au port, et, en mer, quelques voiliers cinglant.

Signé à gauche en bas : E. Isabey. 1858-1875.

Toile. — Haut., 1 m. 21; larg., 1 m. 75.

(Voir la reproduction.)

ISABEY

Le cabestan.

LEBOURG

La rivière

Vue de Rouen.

LEBOURG
(ALBERT)

26. — La rivière.

Sous un ciel bleu tendre, pommelé de nuages roses, le paysage, horizontal et calme, étend ses lignes gracieuses. Au premier plan, un pré verdoyant, en pleine lumière, au bord duquel, venant de gauche, tourne la rivière qui passe à droite près d'une usine de brique dont les pignons s'éclairent au soleil. Au fond, des arbres de haute taille et, à gauche, un autre pré bordé d'arbrisseaux derrière lesquels s'élève le mur léger et frémissant d'une série de grands peupliers.

Signé à droite en bas : A. Lebourg.

Toile. — Haut., 46 cent., larg., 61 cent.

(Voir la reproduction.)

LEBOURG
(ALBERT)

27. — Vue de Rouen.

C'est le motif de la côte Sainte-Catherine pour lequel l'artiste a une prédilection marquée. Par un beau jour d'été, à gauche, le quai, un petit port encombré de bateaux à grosses panses et non mâtés ; l'église Saint-Paul sur la hauteur et les déchirements de la falaise qui, plus loin, décline vers les coteaux d'Eauplet et jusqu'à Amfreville la mi-voie.

Après la grande cheminée d'usine, des peupliers au bord de la Seine et des maisons au lointain. A droite, l'île dont on voit la pointe. L'eau est très bleue, comme un beau pan de ciel.

Signé à gauche en bas : A. Lebourg. Rouen, 1893

Toile. — Haut., 46 cent., larg., 76 cent.

(Voir la reproduction.)

LEBOURG
(ALBERT)

28. — Quai du Louvre.

Sur le bord de la Seine, la berge encombrée de matériaux et d'objets divers recouverts de bâches vertes.

Une cheminée de bateau fume à droite, où l'on voit un coin de fleuve et l'autre rive.

Au fond, les tours et la flèche de Notre-Dame: à gauche, le Palais de Justice et, sur la berge, une maisonnette et un arbre cuivré par l'automne.

Ciel bleu nuageux, grand soleil.

Signé à droite en bas : A. Lebourg.

Toile. — Haut., 41 cent.; larg., 74 cent.

LEBOURG
(ALBERT)

29. — A Croisset, près Rouen.

C'est la fin du jour; le soleil, couché derrière les coteaux de Croisset, rosit encore leurs cimes. A droite, une série de maisons à plusieurs étages, avec des petits murs et un arbre près de l'eau. Au premier plan, une partie de berge nue. A gauche, la Seine et un ponton. Au fond, ligne de coteaux boisés.

Signé à droite en bas : A. Lebourg.

Toile. — Haut., 50 cent.; larg., 73 cent.

Au dos, mention : Soleil couchant fin d'automne. Bords de la Seine près Rouen, à Croisset.

LEBOURG
(ALBERT)

30. — Rive de Seine.

Large paysage de ciel et d'eau, par un beau jour coloré, qui fait le fleuve d'un bleu tendre et le nuage d'un rose plus fin.

A gauche, une berge herbeuse avec un mur et un pignon de petite maison, au pied, une frise de verdure, d'où émergent quelques peupliers.

Plus loin, une ligne de coteaux, roses, verts et ocreux.

Loin à gauche, une île rousse sur le tournant du fleuve.

Signé à gauche en bas : A. Lebourg.

Toile. — Haut. 47 cent.; larg., 73 cent.

METLING

31. L'amateur d'art ancien.

Assis dans un grand fauteuil à dossier rigide, contre lequel est appuyé un carton vert, le vieil amateur, coiffé d'une cagoule pourpre, s'appuie à sa table surchargée de bibelots anciens, et étudie attentivement les ciselures d'un ciboire d'or.

A ses pieds, à gauche, des faïences, armes, instruments de musique, dinanderies, etc. Au fond, un bahut où s'éveille une lumière tendre sur un flanc de potiche.

Signé à gauche en bas : Metling.

Toile. — Haut., 55 cent. 1 2; larg., 45 cent. 1 2.

MOREAU
(GUSTAVE)

32. — L'enfance d'Hercule.

Assis sur le bord de son berceau constitué d'un tissu rouge et d'une peau de lion, le tout jeune Héraclès, vu de face, vient surprendre les serpents que l'on avait cachés dans sa couche, et, d'un geste aisé, les étouffe, un dans chaque main.

Signé à droite en bas, sur une sorte de socle : Gustave Moreau.

Panneau. — Haut., 15 cent.; larg., 12 cent.

MUNKACSY

33. — La grève.

Dans la salle basse et sombre d'un comité ouvrier, autour d'une table sur laquelle, à droite, est monté un orateur véhément, les grévistes viennent de se décider à la cessation du travail. Ils acclament la motion à mains levées, certains assis, d'autres debout. Au premier plan, dans le milieu, l'un d'eux, affalé sur sa chaise, se désintéresse et dort, le coude gauche au dossier. Derrière lui, un ouvrier en bras de chemise, convainc un camarade forgeron qui hésitait. Un autre, plus à droite, est sollicité de quitter le meeting, par sa femme qui est venue avec ses deux enfants et se tient près de la porte. Au fond et à gauche, d'autres groupes. Une fenêtre en retrait où s'encadre une note de verdure claire.

Panneau. — Haut., 84 cent.; larg., 1 m. 30.

(Voir la reproduction.)

MUNKACSY

Procédé Boussod Valadon

La grève.

PISSARRO

L'inondation.

Le Pont-Neuf.

PISSARRO
(CAMILLE)

34. — L'inondation.

Ce sont quatre grands saules morts, submergés à demi par l'Oise débordée. (Mention au dos.) La rivière emplit tout le premier plan jusqu'à la berge plate, près de laquelle s'est rangé un chaland dont le mât reste dressé. Au loin, dans l'axe, une usine et ses trois cheminées fumant vers la gauche. Le terrain, par derrière, se bombe légèrement. Peupliers à l'horizon, à droite. Ciel nuageux.

Signé à gauche en bas : C. Pissarro, 1873.

Toile. — Haut., 28 cent.; larg., 56 cent.

(Voir la reproduction.)

PISSARRO
(CAMILLE)

35. — Le Pont-Neuf.

Vue presque « en bout », de la rive gauche, à l'heure active où les voitures, les omnibus et les passants s'y pressent. On aperçoit, à droite, les culées rondes, contre lesquelles s'est placé transversalement un chaland, et aussi le haut mur de quai et les maisons d'un grand magasin.

Au fond, un carrefour avec d'autres immeubles où flottent des drapeaux sur les toits. La ligne pittoresque des vieilles demeures longe le quai du Louvre, à droite, et un curieux découpement de toitures que dépasse le comble de Saint-Germain-l'Auxerrois.

En Seine, le bain du Palmier, à gauche. Tout le ciel est nuageux et rayé, à droite, de fumées noires ou cotonneuses.

Signé à droite en bas : C. Pissarro, 1901.

Toile. — Haut., 65 cent.; larg., 81 cent.

(Voir la reproduction.)

PISSARRO
(CAMILLE)

36. — Verger à Pontoise.

Un mur blanc l'enclot, parallèlement au plan du tableau. On voit des choux à gauche, de petits arbustes à droite, et, çà et là, des arbres fruitiers.

A droite, derrière le mur, un relèvement de coteau avec des maisons et des plans de verdure qui, à gauche, plus importants — grands arbres et peupliers — se massent sur un ciel bleu et ennuagé.

Signé à droite en bas : C. Pissarro.

Toile. — Haut., 46 cent.; larg., 55 cent.

RENOIR
(AUGUSTE)

37. — Provende de poules.

Au village. Sur le bord du chemin ensoleillé où s'en vont une charrette et un piéton et où s'est arrêtée une paysanne, la maison basse, à gauche, avec ses deux portes et sa fenêtre aux volets clos, dessine son toit sous le ciel d'un bleu tendre et égal. Un petit muret la prolonge. Au-dessus, les combles d'une villa. Plus loin, un arbre au feuillage blond et une autre habitation. Les poules picorent dans l'herbe. Près de la porte, une chaise et une bonne femme qui tient un bouquet de fleurettes.

A droite, un mur qui porte ombre tournante, un grand arbre et une maison à l'arrière-plan.

Signé à droite en bas : Renoir.

Toile. — Haut., 60 cent.; larg., 73 cent.

(Voir la reproduction.)

Collection Louis Bernard.

RENOIR

Provende de poules.

RIBOT

(THÉODULE)

38. — Le vieux loup de mer.

De trois quarts, tourné vers la droite, revêtu de sa houppelande rouge où se pose son collier de barbe blanche, le vieux loup est coiffé d'une toque noire qui, par contraste, fait mieux valoir encore l'expressive rudesse de ses traits cahotés, seuls éclairés dans le tableau, ses orbites caves, où l'œil scrute, son nez crochu sur la bouche rentrée, et son menton de galoche. Tête des plus caractéristiques dans l'œuvre du maître.

Toile. — Haut., 73 cent.; larg., 60 cent.

RIBOT

(THÉODULE)

39. — La géographie.

C'est une vieille femme, songeuse sous sa grande capeline qui l'étoffe toute et dont la coiffe encadre son visage plein, penché, et tourné vers la gauche. Elle est assise dans un sévère fauteuil près d'un petit banc où sont l'écritoire, la plume d'oie et deux livres. Elle tient de sa main gauche son lorgnon sur ses genoux.

Près d'elle, la table avec un tapis vert, une mappemonde ancienne et un vieil ouvrage relié.

Signé à droite en bas : T. Ribot.

Toile. — Haut., 74 cent. 1/2; larg., 60 cent.

RICHET

40. — Fontainebleau.

Non loin de la forêt que l'on devine tout à fait à l'horizon et vers laquelle cahote une charrette à bâche ronde, sur un chemin sinueux dans l'herbe.

A gauche, deux arbres tordus, au feuillage rare. A droite, un fond, un bosquet joliment massé. Excellent ciel tourmenté.

Signé à gauche en bas : Richet.

Toile. — Haut., 50 cent.; larg., 65 cent.

RONDEL

(H.)

41. — Fantaisie.

Portrait de jeune fille brune sur fond vert olive, largement décolletée, tournée vers la droite, regardant de face, les cheveux dénoués sur les épaules, avec un ruban rouge sur la nuque.

Retombant autour du corps, un manteau noir à doublure carminée; chemisette de gaze glissée sous les seins, et prise dans le corset vieil or.

Signé à droite en bas : H. Rondel.

Toile. — Haut., 65 cent.; larg., 55 cent.

SISLEY

Tournant du Loing.

SISLEY

(ALFRED)

42. — Tournant du Loing.

Claire matinée d'été où la rivière apparait riante par delà la berge plate et ensoleillée du premier plan triangulaire, où l'on voit, à droite au fond, une maisonnette en deux corps, un arbre frémissant et une barrière. A gauche, une frise d'arbres qui décline vers l'horizon et au pied de laquelle se sont arrêtés deux chalands, dans l'ombre.

Plus loin encore, trois toitures rouges au pied d'un coteau, et une ligne de verdures.

Le ciel est nuageux, bien que bleu par places.

Signé à gauche en bas : Sisley. 92

Toile. — Haut., 46 cent. ; larg., 57 cent.

(Voir la reproduction.)

STEVENS
(ALFRED)

43. — Le tableau.

Une jeune femme blonde, vêtue d'une robe blanche brodée, portant un col légèrement Médicis, et une écharpe mauve, se tient debout, les bras croisés sur la poitrine, devant un tableau qu'elle regarde vers la droite et dont on n'aperçoit que le riche cadre en pleine lumière avec un coin de la toile.

Du même côté, petit meuble carré où se trouvent la palette et les pinceaux. Carton à dessins, et pouf tendu d'un tissu oriental. A gauche, sur un canapé rouge, un manteau jeté et un chapeau à nœud vert.

Sur le mur gris sombre, un plâtre, un tableau et deux esquisses.

Signé à gauche en bas : A. Stevens.

Panneau. — Haut., 55 cent.; larg., 43 cent.

(Voir la reproduction.)

STEVENS
(ALFRED)

44. — La lettre.

Debout, près d'une table recouverte d'une peluche brodée de fleurs et couleur oignon, une femme en demi-deuil, — jupe à pli droit et surjupe coupé en rond, — lit une lettre dont elle a déposé l'enveloppe sur la table, non loin de ses gants, de son chapeau et d'un vase de fleurs, derrière lequel on voit la fenêtre au store demi-baissé.

A droite, chaise dorée avec pelisse jetée sur le dossier tressé de paille riche. Aux murs, deux tableaux.

Signé à gauche en bas : A. Stevens.

Panneau. — Haut., 55 cent.; larg., 41 cent.

(Voir la reproduction.)

STEVENS

Le tableau

La lettre

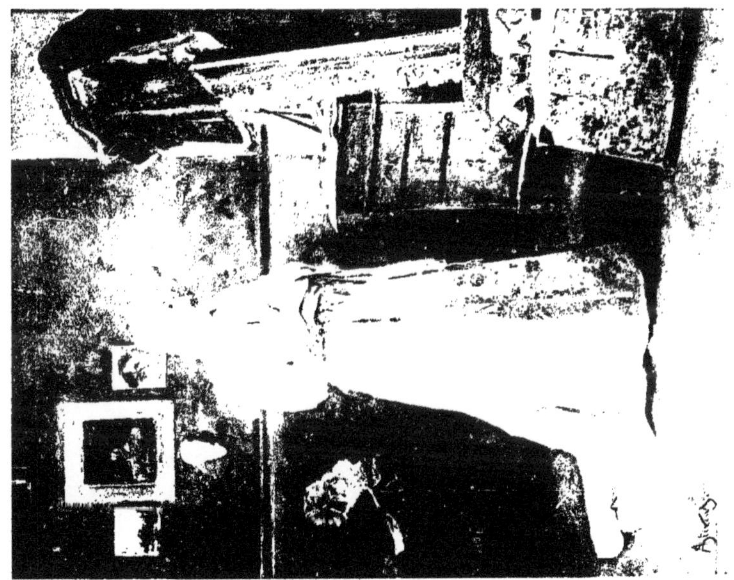

STEVENS
(ALFRED)

45. — L'automne.

Une svelte dame en robe citron pâle à bandes de velours vert brun, la main gauche sur la hanche, le visage tourné vers la droite, le bras droit appuyé sur une canne fine, se tient à la lisière d'un bois épais et regarde avec mélancolie vers la gauche, comme toute pénétrée par la mouvante tristesse de l'automne.

Sur ses cheveux blonds roux, une rose claire s'essaye à égayer les noirs d'une petite capote élégante.

Signé à gauche en bas : A. Stevens.

Panneau. — Haut., 92 cent : larg., 55 cent.

STEVENS
(ALFRED)

46. — L'adieu.

Sur le bord de la mer, par un jour clair, une jeune femme en blanc, tournée vers la gauche, agite, en signe d'adieu, son mouchoir du côté d'un bateau qui s'en va. Derrière elle, à droite, un bouquet d'arbres et des buissons bas qui passent à gauche, bordant l'eau. Un petit chien est devant l'élégante. Deux mouettes volent près du rivage.

Signé à gauche en bas : A. Stevens.

Panneau. — Haut., 36 cent.; larg., 27 cent.

STEVENS
(JOSEPH)

47. — Chien et singe.

Près de l'atre qu'on distingue partiellement à gauche, avec le soufflet et les pincettes sur le muret de briques, un bull-dog et un petit griffon à longs poils foncés.

Sur un tabouret à droite, un singe malicieux, vêtu comiquement d'une veste rouge et encollerette d'une courte fraise blanche, gratte le dos du gros chien patient.

Au pied du tabouret, une bassine de cuivre et une large bouteille de vert coloré.

Signé à gauche en haut : J. Stevens.

Toile. Haut., 33 cent., larg., 41 cent.

Collection Van den Eynde.

TASSAERT

Sarah la baigneuse.

TASSAERT

(OCTAVE)

48. — Sarah la baigneuse.

Transcription tout à fait charmante du beau poème de Victor Hugo. Sarah, dans son hamac, attaché à des troncs d'arbres par-dessus la rivière, plonge son pied dans les eaux calmes. Toute nue, en pleine lumière sur le fond des bois, elle hausse la main gauche vers des rameaux retombants, et pose, de sa droite, une rose sur ses cheveux blonds, emperlés.

Signé à droite en bas : O. T.

Toile. — Haut. 46 cent. ; larg. 32 cent.

(Voir la reproduction.)

Collection Arosa.

Collection Alexandre Dumas.

THAULOW

(FRITS)

49. — Effet de neige.

Dans le Nord, une cité d'usines. C'est en hiver. La rivière aux eaux sombres coule violemment au pied du mur de brique, à trois étages, qu'éclaire le soleil rose pâle et que raye une partie d'ombre à gauche. Elle passe contre d'étroits rivages ouatés de neige. Au fond, construction plus basse et chute d'eau, derrière laquelle on voit des arbres couverts de givre.

A droite et à contre-lumière, d'autres bâtisses à pans de bois et en brique, couvertes, elles aussi, d'une neige un peu rosie. La rivière tourne vers la droite.

Signé à gauche en bas : Frits Thaulow

Toile. — Haut., 72 cent.; larg., 59 cent.

(Voir la reproduction.)

THAULOW

VOLLON

(ALEXIS)

50. — Les pommes.

Luxuriante nature morte, réchauffée par les beaux accents rouges de pommes superbes dont la plupart sont dans un panier d'osier à anse et les autres, cueillies avec leur branche, posées sur la table à droite. Une franche lumière éclaire ce morceau de peinture allègre qui a gardé sa fraîcheur du premier jour et qui est tout entier indiqué de verve.

Signé à droite en bas : A. Vollon.

Toile. — Haut. 54 cent. ; larg. 65 cent.

PASTELS ET AQUARELLES

BILLOTTE
(RENÉ)

51. — Entrée de village.

C'est à la tombée de la nuit ; le croissant de la lune parait, assez haut déjà, dans le ciel finement cendré où flottent quatre légers nuages, vers la gauche.

Sur la large route, un cavalier et sa monture blanche viennent de passer entre quelques buissons à gauche et une barrière à droite, approchant maintenant du village sur les maisons duquel se massent deux bouquets d'arbres. Au fond, au second tournant, une ferme au mur très blanc.

Signé à gauche en bas : René Billotte.

Pastel. — Haut., 53 cent.; larg., 72 cent.

Collection Lazare-Weiller.

COROT

52. — Laveuses.

Composition de caractère poussinesque, d'une harmonie profonde, et d'une technique superbe.

Près d'un rivage plat, vers la gauche, que longe un ruisseau au cours bleu, aux vaguelettes sautillantes, deux femmes, l'une debout, l'autre accroupie en contre-bas d'une déclivité, lavent le linge. Au-dessus d'elles, entre un petit bois à gauche et un massif d'arbres plus important à droite, une trouée de lumière vers la campagne lointaine où trainent les buées bleues du matin, sous un ciel d'orange qui, au zénith, se colore d'azur.

Un buisson près de la femme debout, des ramilles retombantes près de la femme assise, un tronc d'arbre incliné de la droite sur les verdures, et, sous bois, un peu de ciel qui transparait.

Signé à droite en bas : Corot.

Pastel. — Haut., 24 cent.; larg., 41 cent.

Collection Haussoullier.

MILLET

Pastorale

MILLET

(JEAN-FRANÇOIS)

53. — Pastorale. (Scène champêtre.)

Traitée avec des grâces souples et même dans une coloration d'ensemble qui évoque un aimable XVIIIe siècle, cette scène champêtre figure une petite paysanne brunie par le soleil, charmante et fine sous ses beaux cheveux mordorés où passe un ruban rose foncé.

La gorge à nu au-dessus de la chemisette légère, la jeune fille, accoudée sur un panier d'où s'échappent des épis de blé, tenant un bâton rompu sur son avant-bras gauche, et les genoux étoffés d'une robe lilas foncé, désigne de sa main droite, toute potelée, quelque objet auquel ne semble pas attacher grand intérêt un jeune garçon rougeaud et frisé qui, à gauche, s'appuie à son giron.

Le fond de feuillages s'éclaire sur la gauche où l'on voit un découpement de ciel.

Pastel. — Haut. 60 cent., larg. 50 cent.

(Voir la reproduction.)

MILLET
(JEAN-FRANÇOIS)

54. — Portrait d'enfant.

Un profil intelligent et des plus curieux, — front très bombé, cheveux en désordre, retombant, abondants et blonds roux, sur les tempes et le col, œil spirituel, nez court, lèvre forte, menton bref, peau brune, — regarde vers la droite. La main gauche ramène sur la poitrine, où le veston marron entr'ouvert, laisse voir la chemise molle, tient la fine chainette d'or d'une sorte de lorgnette. Le buste est un peu renversé en arrière et est soutenu par le bras droit qui se perd dans l'ovale.

Pastel ovale. — Haut., 48 cent.; larg., 39 cent.

MILLET Fils

55. — Pâturage.

Dans une blonde lumière, le pâturage avec un sentier qui marque l'axe de la composition. A gauche, sur des gerbes, un personnage assis, un chien non loin. A droite, des arbres fruitiers. Au fond, trois vaches et deux figures. Au-dessus du mur d'enclos, des toits et des pignons. La lune déjà apparait dans le ciel léger.

Signé à droite en bas : F. Millet fils.

Pastel. — Haut., 30 cent., larg., 40 cent.

RENOIR
(AUGUSTE)

56. — Femme à sa toilette.

Le torse nu, avec la chemise retombée sur la taille, c'est une belle créature qui, éclairée de droite et tournée vers la gauche, hausse ses deux mains pour nouer sa chevelure brune.

Tête penchée, elle montre, dans la contre-ombre, les riantes couleurs de la pleine santé que dénonce, au reste, surabondamment, son embonpoint savoureux et potelé.

Signé à gauche en bas : Renoir.

Pastel. — Haut. 62 cent., larg. 51 cent.

TEN CATE

57. — La route.

Elle passe, large et lisse, remontant de droite à gauche, auprès d'un plan herbeux où une paysanne conduit ses oies, dans l'ombre d'une ancienne résidence aux murs gris, percés de rares baies, et coiffés d'un grand toit, avec lucarnes à fleurons gothiques.

Pignon nu à droite, tour pentagonale à gauche avec poivrière d'angle ; autre pignon à demi-croulé à gauche, avec arrière-plan de toiture ; et, au fond, plus modestes, quelques maisonnettes de village.

Trois ilots de bleu très pur dans le floconnement nuageux du ciel.

Signé à droite en bas : Ten Cate.

Pastel. — Haut. 70 cent., larg. 90 cent.

VEYRASSAT
(J.)

58. — Chevaux de halage.

Sur la route, en plaine, près d'une borne à droite. Deux chevaux, l'un blanc, l'autre bai, harnachés pour le halage. Au fond à droite, petite ligne de bois. Ciel menaçant.

Signé à gauche en bas : J. Veyrassat.

Aquarelle. — Haut. 24 cent., larg. 34 cent.

MODERNE IMPRIMERIE
9, rue Abel-Hovelacque
PARIS

www.ingramcontent.com/pod-product-compliance
Ingram Content Group UK Ltd.
Pitfield, Milton Keynes, MK11 3LW, UK
UKHW020334180726
13839UKWH00002B/706

9 782329 450537